Herbie,
2009.10.20 – 2021.03.05
We will always remember you.
Love you.

깊어지길 바라는 자,

한 달에 한 권은 꼭 읽으라.

월간구독 QR코드

함께 읽어요-

The Dream Child

L.M.Montgomery

"In this life you've got to hope for the best,

prepare for the worst

and take whatever God sends."

– Lucy Maud Montgomery

"이번 생에는 최선을 희망하고
최악에 대비하면서
하늘이 내린 것을 받아들이자."
– 루시 모드 몽고메리

「월간 내로라」 시리즈는 독서토론을 위한 질문과 덧붙임의 글을 함께 내고 있습니다. 깊은 사색의 재료로 사용되기를 바랍니다.

차례

꿈의 아이

L.M.몽고메리

상실을 경험한 적이 있나요?

어떻게 견뎌냈나요?

Have you ever experienced a loss?

How did you endure?

현실 도피를 어떻게 생각하나요?

도피처를 가지고 있나요?

What do you think about escapism?

Do you have a safe haven?

1

A MAN'S heart - aye, and a woman's, too - should be light in the spring. The spirit of resurrection is abroad, calling the life of the world out of its wintry grave, knocking with radiant fingers at the gates of its tomb. It stirs in human hearts, and makes them glad with the old primal gladness they felt in childhood. It quickens human souls, and brings them, if so they will, so close to God that they may clasp hands with Him. It is a time of wonder and renewed life, and a great outward and

봄을 맞이하는 남자의 마음은 한껏 가벼워야 한다. 물론, 여자의 마음도 마찬가지겠지만. 저 멀리서 다가오는 부활의 신은 손가락을 반짝이며 묘지의 문을 두드리고, 겨울 무덤 아래 잠든 세상의 모든 생명을 불러일으킨다. 어릴 적 느꼈던 순수한 원초적 기쁨이 마음 가득 차오르며, 사람의 마음은 잔뜩 설렌다. 사람의 영혼은 활기로 충만해져서, 바란다면 신과 손을 맞잡을 수 있을 정도로 드높이 떠오른다. 내적 황홀감과 표면적 환희가 함께 자라나고, 피조물이 즐거워하는 모습에 아기 천사가 손뼉을 치는, 봄은 그런 경이로운 탄생

inward rapture, as of a young angel softly clapping his hands for creation's joy. At least, so it should be; and so it always had been with me until the spring when the dream-child first came into our lives.

That year I hated the spring - I, who had always loved it so. As boy I had loved it, and as man. All the happiness that had ever been mine, and it was much, had come to blossom in the springtime. It was in the spring that Josephine and I had first loved each other, or, at least, had first come into the full knowledge that we loved. I think that we must have loved each other all our lives, and that each succeeding spring was a word in the revelation of that love, not to be understood until, in the fullness of time, the whole sentence was written out in that most beautiful of all beautiful springs.

How beautiful it was! And how beautiful she was! I suppose every lover thinks that of his lass;

의 계절인 것이다. 분명, 그런 계절이어야 했다. 꿈의 아이가 우리의 삶에 나타나기 전까지 그래왔던 것처럼.

그해의 봄은 싫었다. 원래의 나는 어릴 적부터 계속 봄을 사랑해왔었다. 마음속에 간직한 행복의 순간들은 모두 봄에 만개한 것들이었고, 조세핀과 처음 사랑에 빠진 것도 봄이었다. 아니, 처음으로 우리의 사랑을 자각한 때라고 말해야 할 것이다. 처음이라는 단어를 붙여 그 시작을 가늠하기에는, 우린 언제나 서로를 마음에 품고 있었으니까. 함께 새로운 봄을 맞이할 때마다 우리의 사랑이 한 단계씩 깊어지는 것을 느꼈다. 깊어진 사랑이 어떤 모습일지 보이지는 않았지만, 시간이 흐르면 자연스럽게 알게 되리라 생각했다. 계시처럼 깨달은 사랑의 단어를 하나씩 모으다 보면, 선명히 읽어내려갈 수 있는 직관적인 문장으로 모습을 드러낼 것이라고, 아름다운 봄날 중에서도 유독 아름다운 봄날에 선연히 피어날 것이라고, 나는 그렇게 믿고 있었다.

아- 때는 어찌나 아름다웠는지! 내 사랑도 어찌나 아름다웠는지! 형편없는 사람이 아니고서야 다들 제

otherwise he is a poor sort of lover. But it was not only my eyes of love that made my dear lovely. She was slim and lithe as a young, white-stemmed birch tree; her hair was like a soft, dusky cloud; and her eyes were as blue as Avonlea harbor on a fair twilight, when all the sky is abloom over it. She had dark lashes, and a little red mouth that quivered when she was very sad or very happy, or when she loved very much - quivered like a crimson rose too rudely shaken by the wind. At such times what was a man to do save kiss it?

The next spring we were married, and I brought her home to my gray old homestead on the gray old harbor shore. A lonely place for a young bride, said Avonlea people. Nay, it was not so. She was happy here, even in my absences. She loved the great, restless harbor and the vast, misty sea beyond; she loved the tides, keeping their world-old tryst

사랑이 아름답다 이야기하겠지만, 조세핀은 이 세상 누가 보기에도 아름다웠다. 자작나무처럼 곧은 자태와 어스름한 구름처럼 부드러운 머리카락, 짙고 풍성한 속눈썹과 청명한 에이번리 항구의 하늘처럼 푸르른 눈동자까지도. 조세핀의 작고 붉은 입술은 거대한 슬픔이나 행복을 느낄 때 잘게 떨렸다. 사랑으로 벅차오를 때도, 마치 바람에 흔들리는 새빨간 장미처럼 잘게 떨렸다. 그럴 때면 나는 그 입술에 입을 맞추지 않을 수 없었다.

이듬해 봄 우리는 결혼식을 올렸다. 오래된 잿빛 항구의 오래된 잿빛 집은 이제 나의 집이 아닌 우리의 집이 되었다. 젊은 신부에게는 너무 외로운 곳이라고 에이번리 사람들은 입을 모아 말했지만, 조세핀은 그렇게 느끼지 않았다. 내가 아니라도 조세핀은 이곳에서 행복했으니까. 조세핀은 쉴 틈 없이 복작대는 드넓은 항구를 사랑했고, 그 너머로 광활하게 펼쳐진 안개 자욱한 바다를 사랑했다. 태초부터 시작되었을 해안과 조수의 만남을 흥미롭게 바라보았고, 갈매기와 파도의 노래를,

with the shore, and the gulls, and the croon of the waves, and the call of the winds in the fir woods at noon and even; she loved the moonrises and the sunsets, and the clear, calm nights when the stars seemed to have fallen into the water and to be a little dizzy from such a fall. She loved these things, even as I did. No, she was never lonely here then.

The third spring came, and our boy was born. We thought we had been happy before; now we knew that we had only dreamed a pleasant dream of happiness, and had awakened to this exquisite reality. We thought we had loved each other before; now, as I looked into my wife's pale face, blanched with its baptism of pain, and met the uplifted gaze of her blue eyes, aglow with the holy passion of motherhood, I knew we had only imagined what love might be. The imagination had been sweet, as the thought of the rose is sweet before the bud is

전나무 숲에서 들려오는 바람의 흥얼거림을 사랑했다. 달과 석양의 풍경을 사랑했고, 하늘의 별이 물속으로 풍덩 빠질 것처럼 맑고 아찔한 밤바다도 사랑했다. 내가 사랑하는 것들을, 조세핀도 정말로 사랑했다. 그래. 그러니까 그 봄날의 조세핀은, 조금도 외롭지 않았을 것이다.

세 번째로 찾아온 봄의 어느 날, 남자아이가 태어났다. 우리는 스스로 행복하다고 여기고 있었다. 하지만 탄생이라는 격렬하고 황홀한 기쁨이 새로운 현실이 된 순간, 그제까지 우리가 느꼈던 것은 단지 행복을 닮은 상쾌한 꿈에 불과했다는 것을 깨달았다. 우리는 서로를 사랑한다고 느끼고 있었다. 하지만 고통의 세례로 하얗게 물든 아내의 창백한 얼굴과 모성이라는 거룩한 열정이 들끓는 아내의 고양된 푸른 눈동자를 들여다본 순간, 그제까지 내가 품었던 것은 사랑에 대한 기대감에 불과했다는 것을 깨달았다. 마치, 어린 봉우리를 보고 그 장미의 향기가 달콤할 것이라 기대하는 것처럼, 사랑도 달콤한 향기를 지녔으리라 상상했다. 하지만,

open; but as the rose to the thought, so was love to the imagination of it.

"All my thoughts are poetry since baby came", my wife said once, rapturously.

Our boy lived for twenty months. He was a sturdy, toddling rogue, so full of life and laughter and mischief that, when he died, one day, after the illness of an hour, it seemed a most absurd thing that he should be dead - a thing I could have laughed at, until belief forced itself into my soul like a burning, searing iron.

I think I grieved over my little son's death as deeply and sincerely as ever man did, or could. But the heart of the father is not as the heart of the mother. Time brought no healing to Josephine; she fretted and pined; her cheeks lost their pretty oval, and her red mouth grew pale and drooping.

I hoped that spring might work its miracle upon

만개한 장미의 향기가 달콤하지만은 않은 것처럼, 사랑도 그 이상이었다.

"아이가 태어난 뒤로는 떠오르는 모든 생각이 한 편의 시 같아요." 아내가 황홀감에 젖어 말했었다.

우리 아이는 20개월을 살다가 갔다. 개구쟁이처럼 힘차게 걷던 아이의 삶은 웃음과 생명력으로 충만했었다. 그래서일까. 어느 날 아이가 딱 한 시간 정도 앓고는 갑자기 세상을 떠났을 때, 도무지 믿어지지 않았다. 믿을 수가 없었다. 헛웃음이 나올 정도였다. 그러나 현실은 불타는 각인처럼 서서히 내 영혼에 파고들었다.

아이의 죽음에 가슴이 사무치듯 아팠다. 아이를 잃은 그 누구보다도 깊이 통감했다고 나는 생각한다. 그러나 아빠의 마음은 엄마의 마음과는 전혀 다른 것이었다. 시간마저도 조세핀을 치유하지 못했다. 조세핀은 집 안에만 틀어박혀서 언제나 불안감에 시달렸다. 그동안 동그스름 볼록했던 뺨은 생기를 잃은 채 주저앉았고, 붉게 빛나던 입술은 창백하게 늘어졌다.

나는 부디 봄의 기적이 아내에게 닿기를 바랐다. 해

her. When the buds swelled, and the old earth grew green in the sun, and the gulls came back to the gray harbor, whose very grayness grew golden and mellow, I thought I should see her smile again. But, when the spring came, came the dream-child, and the fear that was to be my companion, at bed and board, from sunsetting to sunsetting.

사한 봄 햇살이 빛바랜 지구에 내려앉으며 새싹이 돋아나고 온 세상을 초록빛이 초록빛으로 물들어갈 때. 잿빛 항구에 갈매기가 돌아오고 부드러운 금빛으로 뒤덮일 즈음. 아내의 얼굴에도 다시 미소가 서리기를 바랐다. 하지만 봄은 꿈의 아이를 데리고 왔다. 그날부터 나는 두려움을 벗어놓을 수 없게 되었다. 일몰부터 일몰까지, 집 안에서도 밖에서도.

2

One night I awakened from sleep, realizing in the moment of awakening that I was alone. I listened to hear whether my wife were moving about the house. I heard nothing but the little splash of waves on the shore below and the low moan of the distant ocean.

I rose and searched the house. She was not in it. I did not know where to seek her; but, at a venture, I started along the shore.

It was pale, fainting moonlight. The harbor

아무런 인기척이 느껴지지 않아 한밤중 갑자기 눈이 떠진 날이었다. 방 안에 나는 혼자였다. 어디에서도 아내를 찾을 수가 없었다. 아내를 찾기 위해 신경을 곤두세우고 소리에 집중했지만, 들려오는 소리는 해안가에 철썩이는 작은 파도 소리와 나지막이 신음하는 먼바다의 소리뿐이었다.

집안을 돌아다니며 구석구석을 살폈지만, 아내는 어디에도 없었다. 아내를 어디에서 찾아야 할지 몰랐기에, 나는 충동적으로 해안을 따라 걷기 시작했다.

달빛이 희미하고 창백한 밤이었다. 마치 유령의 도시

looked like a phantom harbor, and the night was as still and cold and calm as the face of a dead man. At last I saw my wife coming to me along the shore. When I saw her, I knew what I had feared and how great my fear had been.

As she drew near, I saw that she had been crying; her face was stained with tears, and her dark hair hung loose over her shoulders in little, glossy ringlets like a child's. She seemed to be very tired, and at intervals she wrung her small hands together.

She showed no surprise when she met me, but only held out her hands to me as if glad to see me.

"I followed him - but I could not overtake him", she said with a sob. "I did my best - I hurried so; but he was always a little way ahead. And then I lost him - and so I came back. But I did my best - indeed I did. And oh, I am so tired!"

같은 항구는 죽은 사람의 얼굴처럼 차갑고 고요했다. 한참을 걷다 보니 저 멀리서 조세핀이 걸어오는 모습이 보였다. 아내가 눈앞에 나타난 그 순간, 그동안 나를 무겁게 짓눌러온 커다란 두려움의 정체도 함께 모습을 드러냈다.

아내는 울고 있었다. 가까워질수록 두 뺨을 가득 메운 말라버린 눈물길이 선명해졌다. 짙은 곱슬머리는 엉망으로 헝클어진 채로 어린아이의 것처럼 어깨 위에서 넘실거렸다. 피곤한 기색이 역력했다. 그리고 자주, 초조한 듯 두 손을 기도하듯 모았다가 펴기를 반복하며 내게로 다가왔다.

나를 본 아내는 놀라지 않았고, 그저 손을 내밀어 나를 맞이했다.

"따라갔는데, 따라잡을 수가 없는 거 있죠. 최선을 다했는데, 그렇게 서둘렀는데. 아주 약간만 더 가면 손을 잡을 수 있을 것 같았는데, 정말 그랬는데. 놓치고 말았어요. 그래서 돌아왔어요. 그렇지만 나, 최선을 다했어요. 정말로요. 그리고… 아, 너무 힘이 드네요."

"Josie, dearest, what do you mean, and where have you been?" I said, drawing her close to me. "Why did you go out so - alone in the night?"

She looked at me wonderingly.

"How could I help it, David? He called me. I had to go."

"Who called you?"

"The child," she answered in a whisper. "Our child, David - our pretty boy. I awakened in the darkness and heard him calling to me down on the shore. Such a sad, little wailing cry, David, as if he were cold and lonely and wanted his mother. I hurried out to him, but I could not find him. I could only hear the call, and I followed it on and on, far down the shore. Oh, I tried so hard to overtake it, but I could not. Once I saw a little white hand beckoning to me far ahead in the moon- light. But still I could not go fast enough. And then the cry ceased, and

나는 아내를 품에 안았다. "조세핀. 여보. 무슨 말이에요. 어디 갔다 왔어요. 이렇게 깜깜한데, 왜 혼자 갔어요."

아내는 놀란 표정으로 눈을 마주쳐왔다.

"어떻게 가지 않을 수 있었겠어요, 데이비드. 나를 부르는데, 당연히 가야지요."

"누가 당신을 불렀다는 거예요."

"우리 아이가요." 아내는 비밀인 것처럼 속삭였다. "우리 둘의 아이가요. 데이비드, 우리 어여쁜 아이가 나를 불렀어요. 갑자기 잠에서 깼는데, 아이가 부르는 소리가 들렸어요. 어찌나 슬픈 소리였는지 몰라요, 데이비드. 춥고 외로워서 엄마를 부르고 있던 게 분명해요. 그래서 서둘렀는데, 달려갔는데, 찾을 수가 없었어요. 소리를 따라 아무리 걸어도, 저 멀리까지 갔는데도, 소리만 들릴 뿐 닿지를 않았어요. 정말 많이 애썼거든요, 그런데 잡을 수가 없었어요. 달빛을 받아 하얗게 빛나는 작은 손이 보인 적도 있는데, 그랬는데……. 내가 빠르지 못해서, 그래서 잡을 수가 없었어요. 울음소리가 사라

I was there all alone on that terrible, cold, gray shore. I was so tired and I came home. But I wish I could have found him. Perhaps he does not know that I tried to. Perhaps he thinks his mother never listened to his call. Oh, I would not have him think that."

"You have had a bad dream, dear," I said. I tried to say it naturally; but it is hard for a man to speak naturally when he feels a mortal dread striking into his very vitals with its deadly chill.

"It was no dream," she answered reproachfully. "I tell you I heard him calling me - me, his mother. What could I do but go to him? You cannot understand - you are only his father. It was not you who gave him birth. It was not you who paid the price of his dear life in pain. He would not call to you - he wanted his mother."

I got her back to the house and to her bed,

지고 보니까, 그 끔찍하고 차가운 잿빛 해안에 나 혼자 남겨졌더라고요. 너무 지쳐서, 그래서 집으로 돌아온 거예요. 찾을 수 있었다면 좋았을 텐데. 내가 찾으려고 노력한 걸 그 아이가 모르면 어쩌죠? 엄마가 자신의 울음소리를 외면했다고 생각하면 어쩌죠? 아, 그렇게 생각하지 말아야 할 텐데."

"여보, 나쁜 꿈을 꾼 것 같네요." 나는 최대한 태연한 목소리로 대답을 하려고 했다. 하지만 섬뜩한 공포와 오한으로 온몸의 피가 얼어붙는 것 같아서, 자연스러운 목소리가 나오지 않았다.

"꿈이라니요." 아내는 책망하듯 답했다. "나를 부르는 목소리를 분명히 들었어요. 나를 불렀어요. 그 애의 엄마를요. 그 소리를 듣고 어떻게 가만히 있을 수 있겠어요? 당신은 이해할 수 없을 거예요. 당신은 아빠니까요. 그 애를 낳은 게 아니잖아요. 그 소중한 생명의 대가는, 당신의 고통이 아니었어요. 그래서 당신을 부르지 않은 거예요. 우리 아이는, 제 엄마를 찾고 있었어요."

whither she went obediently enough, and soon fell into the sleep of exhaustion. But there was no more sleep for me that night. I kept a grim vigil with dread.

When I had married Josephine, one of those officious relatives that are apt to buzz about a man's marriage told me that her grandmother had been insane all the latter part of her life. She had grieved over the death of a favorite child until she lost her mind, and, as the first indication of it, she had sought by nights a white dream-child which always called her, so she said, and led her afar with a little, pale, beckoning hand.

I had smiled at the story then. What had that grim old bygone to do with springtime and love and Josephine? But it came back to me now, hand in hand with my fear. Was this fate coming on my dear wife? It was too horrible for belief. She was

순수히 나를 따라 집으로 돌아온 아내를 침대에 눕혔다. 아내는 기절하듯 잠이 들었다. 하지만 폭포처럼 쏟아지는 두려움에, 나는 도저히 잠을 잘 수가 없었다. 그저 침울하게 누워서 하릴없이 다가오는 아침을 기다릴 뿐이었다.

우리의 결혼식에 왔던 악랄한 사촌 하나가 생각난다. 결혼생활에 대한 잔소리와 충고를 끊임없이 해대는 사람이었는데, 가장 애지중지하던 자식을 먼저 보낸 뒤로 완전히 미쳐버린 어느 할머니 이야기를 했었다. 미쳐버린 할머니는 하얀 꿈의 아이가 자신을 부른다며 밤마다 집을 나섰고, 자신을 향해 손짓하는 작고 창백한 손에 이끌려 밤새도록 떠돌았다고 했다.

그때의 나는 그 이야기를 그저 웃어넘겼다. 봄과 사랑과 조세핀으로 이루어져 있는 내 세상은, 그런 음울한 이야기와는 아무런 상관이 없으리라 생각한 것이다. 하지만 그 이야기는 기어코 내 세상으로 비집고 들어와 목을 죄어왔다. 사랑스러운 나의 아내에게 닥칠 운명에 대한 복선이었던 것인가! 그건 너무 가혹했다. 조세핀은

so young, so fair, so sweet, this girl-wife of mine. It had been only a bad dream, with a frightened, bewildered waking. So I tried to comfort myself.

When she awakened in the morning she did not speak of what had happened and I did not dare to. She seemed more cheerful that day than she had been, and went about her household duties briskly and skillfully. My fear lifted. I was sure now that she had only dreamed. And I was confirmed in my hopeful belief when two nights had passed away uneventfully.

Then, on the third night, he dream-child called to her again. I wakened from a troubled doze to find her dressing herself with feverish haste.

"He is calling me", she cried. "Oh, don't you hear him? Can't you hear him? Listen - listen - the little, lonely cry! Yes, yes, my precious, mother is coming. Wait for me. Mother is coming to her pretty boy!"

아직 소녀 같고, 아름답고, 또 사랑스러운데. 그런 나의 아내인데. 그럴 리가 없다. 분명 나쁜 꿈의 여운이 가시지 않아서, 어리둥절한 상태로 잠에서 깬 것뿐이다. 나는 그렇게 자신을 달래려고 애썼다.

다음 날 아침, 아내는 지난밤 일에 관하여 이야기하지 않았고, 나는 감히 말을 꺼낼 엄두조차 내지 못했다. 다만 아내가 평소보다 조금은 밝아진 모습으로 집안일을 해냈기에, 지난밤에는 아내가 그저 나쁜 꿈을 꾼 것이 맞다는 믿음이 내 안에 자라나 두려움을 덮어 둘 수 있었다. 그렇게 이틀 밤이 무탈하게 지나가고, 나의 희망적인 믿음은 확신으로 굳어졌었다.

하지만 삼 일째 밤, 꿈의 아이는 다시 아내를 불러냈다. 잠결에 외투를 집어 들고 맹렬하게 집을 나서는 아내의 모습이 보여 나는 곧바로 따라나섰다.

"나를 부르고 있어요." 아내가 외쳤다. "들려요? 들리죠? 들어봐요. 작지만 들려요. 외로운 울음소리예요. 그래, 내 소중한 아가. 엄마가 갈게. 기다려주렴. 엄마가 갈게! 나의 어여쁜 아가야."

I caught her hand and let her lead me where she would. Hand in hand we followed the dream-child down the harbor shore in that ghostly, clouded moonlight. Ever, she said, the little cry sounded before her. She entreated the dream-child to wait for her; she cried and implored and uttered tender mother-talk. But, at last, she ceased to hear the cry; and then, weeping, wearied, she let me lead her home again.

What a horror brooded over that spring - that so beautiful spring! It was a time of wonder and marvel; of the soft touch of silver rain on greening fields; of the incredible delicacy of young leaves; of blossom on the land and blossom in the sunset. The whole world bloomed in a flush and tremor of maiden loveliness, instinct with all the evasive, fleeting charm of spring and girlhood and young morning. And almost every night of this wonderful

나는 아내와 함께 걸었다. 해변에 유령처럼 자욱하게 깔린 뿌연 달빛을 헤치며 우리는 손을 잡고 꿈의 아이를 쫓았다. 작은 울음소리가 지척에서 들린다고 아내는 말했다. 제발 기다려달라고 아내는 꿈의 아이에게 애원했다. 애원하고 소리치고 부드러운 목소리로 타이르기도 했다. 하지만 결국, 작은 울음소리는 끊어졌다. 나는 아내가 눈물을 모두 쏟아내고 녹초가 될 때까지 곁을 지키다가, 함께 집으로 돌아왔다.

그때의 공포는 어찌나 깊고 짙었는지. 그토록 아름다운 봄날에! 경이와 신비가 완연한 봄이었다. 푸른 녹지에 은빛 빗방울이 살포시 내려앉았고, 어린 잎사귀가 놀랍도록 섬세하게 돋아나고 있었다. 만개한 꽃이 온 땅과 일몰 너머까지도 흐드러진 것처럼 보였다. 사랑스러운 소녀의 발그레한 볼처럼, 설레는 마음으로 온 세상이 피어났다. 봄과 어린 시절과 이른 아침이 가지는 특유의 사랑스러움으로 온통 뒤덮여있었다. 이토록 아름다운 봄이 완성되는 동안, 꿈의 아이는 매일 밤 아내를 애타게 불렀다. 매일 밤, 우리는 아이를 찾기 위해

time the dream-child called his mother, and we roved the gray shore in quest of him.

In the day she was herself; but, when the night fell, she was restless and uneasy until she heard the call. Then follow it she would, even through storm and darkness. It was then, she said, that the cry sounded loudest and nearest, as if her pretty boy were frightened by the tempest. What wild, terrible rovings we had, she straining forward, eager to overtake the dream-child; I, sick at heart, following, guiding, protecting, as best I could; then afterwards leading her gently home, heart-broken because she could not reach the child.

I bore my burden in secret, determining that gossip should not busy itself with my wife's condition so long as I could keep it from becoming known. We had no near relatives - none with any right to share any trouble - and whoso accepteth

잿빛 해안을 헤매야 했다.

낮의 아내는 멀쩡해 보였다. 그러나 밤이 되면 안절부절 초조하며 소리를 기다렸다가 아이를 찾아 나섰다. 태풍이 부는 날도 예외가 아니었다. 그날은, 어여쁜 아이가 폭풍우를 두려워하는 모양인지 울음소리가 지금까지 들어본 것 중 가장 크고 생생하게 들린다며 서두르던, 그런 날이었다. 아……. 그날의 여정이 어찌나 끔찍했는지. 세찬 태풍을 헤치며 아내는 아이를 쫓기 위해 온 힘을 다해 앞으로 나아갔고, 나는 끔찍하게 아려오는 심장을 부여잡고 최선을 다해 뒤쫓으며 아내를 지켰다. 아이를 뒤쫓던 아내가 마침내 포기하면, 실신하듯 늘어지는 아내를 집으로 데리고 오는 게 나의 역할이었다.

이런 상황을 그 누구에게도 알리지 않았다. 아내의 이야기가 가십거리가 되지 않도록, 나 혼자만의 비밀로 간직했다. 이 문제를 의무적으로 꼭 알려야만 하는 가까운 친척이 주변에 있었던 것도 아니고, 우리의 문제에 온 마음 다해서 진심으로 가슴 아파해줄 사람도 없

human love must bind it to his soul with pain.

I thought, however, that I should have medical advice, and I took our old doctor into my confidence. He looked grave when he heard my story. I did not like his expression nor his few guarded remarks. He said he thought human aid would avail little; she might come all right in time; humor her, as far as possible, watch over her, protect her. He needed not to tell me that.

The spring went out and summer came in - and the horror deepened and darkened. I knew that suspicions were being whispered from lip to lip. We had been seen on our nightly quests. Men and women began to look at us pityingly when we went abroad.

One day, on a dull, drowsy afternoon, the dream-child called. I knew then that the end was near; the end had been near in the old grandmother's case

었으니까.

하지만 의학적 조언이 필요하긴 했기에 주치의에게 이 사실을 털어놓았다. 이야기를 시작하자 의사의 표정이 굳었다. 그는 말을 최대한 아끼려고 노력한 것 같지만, 나는 그의 표정이나 말투가 영 마음에 들지 않았다. 아내는 타인의 도움을 필요로 하는 상태가 전혀 아니며 시간이 지나면 정상으로 돌아올 것이니 최대한 돌봐주고 도와주고 웃게 해주라고 의사는 조언했다. 굳이 내게 당부할 필요도 없는 당연한 것들을 조언하다니.

봄이 가고 여름이 오면서, 두려움은 더 깊고 짙어졌다. 사람들은 우리에 대해 떠들어대기 시작했다. 밤바다를 헤매는 우리의 모습을 목격한 사람들이 생겨난 것이다. 우리가 먼바다까지 헤매고 다니는 날이면, 마주치는 여자도 남자도 모두 우리를 안타까운 눈빛으로 바라보았다.

어느 날, 꿈의 아이가 아내를 불러냈다. 밤이 아닌, 평범하고 나른한 오후 시간이었다. 악화된 상황에 나는 끝이 다가오고 있음을 직감했다. 꿈의 아이를 찾아 헤

sixty years before when the dream-child called in the day. The doctor looked graver than ever when I told him, and said that the time had come when I must have help in my task. I could not watch by day and night. Unless I had assistance I would break down.

I did not think that I should. Love is stronger than that. And on one thing I was determined - they should never take my wife from me. No restraint sterner than a husband's loving hand should ever be put upon her, my pretty, piteous darling.

I never spoke of the dream-child to her. The doctor advised against it. It would, he said, only serve to deepen the delusion. When he hinted at an asylum I gave him a look that would have been a fierce word for another man. He never spoke of it again.

매던 할머니의 이야기가, 육십 년이라는 시간을 건너서 우리의 것이 된 것이다. 누군가의 도움이 필요한 때가 왔다고 나는 의사에게 털어놓았고, 그의 표정은 이전보다 더욱더 무겁게 가라앉았다. 밤뿐만 아니라 낮까지도 아내를 지켜야 한다면, 나 혼자서는 불가능했다. 도움을 받지 않으면 나는 무너지고 말 것이다.

어쩌면 나 혼자서 버틸 수 있을지도 모른다. 사랑은 그만큼 강력하니까. 분명한 것은, 어떤 상황에도 아내를 어디론가 보내지는 않겠다는 것이다. 가련한 아내의 행동을 제재하는 것은, 아내를 사랑하는 남편의 손이 유일해야 했다.

아내와 꿈의 아이에 관해서 이야기해본 적이 없다. 이야기는 아내의 망상을 부추길 것이라는 의사의 조언에 따른 것이었다. 하지만 그 의사가 정신병동을 넌지시 언급했을 때는, 차마 욕은 하지 못하고 그저 그를 매섭게 노려보았다. 두 번 다시는 그 이야기를 꺼내지 않도록.

3

One night in August there was a dull, murky sunset after a dead, breathless day of heat, with not a wind stirring. The sea was not blue as a sea should be, but pink - all pink - a ghastly, staring, painted pink. I lingered on the harbor shore below the house until dark. The evening bells were ringing faintly and mournfully in a church across the harbor. Behind me, in the kitchen, I heard my wife singing. Sometimes now her spirits were fitfully high, and then she would sing the old

8월의 어느 밤이었다. 바람 한 점 없던 숨 막히는 더위가 태양과 함께 지평선 너머로 사라지고 있었다. 바다는 본연의 푸른 색채를 잃은 채, 마치 페인트칠이라도 한 것처럼 선명하고 완연한 분홍빛으로 물들어있었다. 나는 날이 완전히 저물 때까지 집 근처 해변을 거닐었다. 항구 건너편 교회에서는 저녁 종소리가 희미하고 구슬프게 울려 퍼졌고, 뒤편의 주방에서는 아내의 흥얼거리는 노랫소리가 들려왔다. 아내는 요즘 종종 들뜬 상태가 되어 어릴 적 부르던 노래를 흥얼거리곤 했다. 하지만 그 노랫소리마저도 어딘지 이상한 구석이 있어

songs of her girlhood. But even in her singing was something strange, as if a wailing, unearthly cry rang through it. Nothing about her was sadder than that strange singing.

When I went back to the house the rain was beginning to fall; but there was no wind or sound in the air - only that dismal stillness, as if the world were holding its breath in expectation of a calamity.

Josie was standing by the window, looking out and listening. I tried to induce her to go to bed, but she only shook her head.

"I might fall asleep and not hear him when he called', she said. "I am always afraid to sleep now, for fear he should call and his mother fail to hear him."

Knowing it was of no use to entreat, I sat down by the table and tried to read. Three hours passed on. When the clock struck midnight she started up,

서, 때로는 기이한 울부짖음 같이 들리기도 했다. 노랫소리가 가슴을 무겁게 짓눌렀다. 아내가 가여워서 참을 수 없을 만큼 가슴이 아팠다.

집으로 돌아왔을 때, 밖에는 비가 추적추적 내리기 시작했다. 하지만 온 세상이 바람 한 점 없이 고요하기도 해서, 마치 커다란 재앙을 앞두고 온 세상이 합심하여 숨을 참고 있는 것처럼 느껴지기도 했다. 음울한 정적으로 가득 찬, 그런 날이었다

조세핀은 창문 밖을 바라보며 소리에 귀를 기울이고 있었다. 잘 시간이라고 회유하려 했지만, 아내는 그저 고개를 저었다.

"아이가 부르는 소리를 듣지 못하면 어떻게 해요. 나는 이제 두려워서 잠들 수가 없어요. 아이가 불렀는데, 엄마라는 사람이 되어 그 소리를 듣지 못하면 어떻게 하겠어요."

설득이 통하지 않을 것을 알기에, 나는 테이블에 앉아 책을 읽으려고 애를 썼다. 세 시간이 지나고 시계가 자정을 가리킬 때 즈음, 침울하게 가라앉았던 아내의

with the wild light in her sunken blue eyes.

"He is calling," she cried, "calling out there in the storm. Yes, yes, sweet, I am coming!"

She opened the door and fled down the path to the shore. I snatched a lantern from the wall, lighted it, and followed. It was the blackest night I was ever out in, dark with the very darkness of death. The rain fell thickly and heavily. I overtook Josie, caught her hand, and stumbled along in her wake, for she went with the speed and recklessness of a distraught woman. We moved in the little flitting circle of light shed by the lantern. All around us and above us was a horrible, voiceless darkness, held, as it were, at bay by the friendly light.

"If I could only overtake him once," moaned Josie. "If I could just kiss him once, and hold him close against my aching heart. This pain, that never

푸른 눈에 거친 이채가 돌기 시작했다.

"아이가 나를 부르고 있어요! 폭풍 속에서요. 그래, 아가! 내가 갈게. 우리 아가, 엄마가 갈게!"

아내는 문을 활짝 열고 해변으로 달려 나갔다. 나도 뒤따르며 벽에 걸려있던 랜턴을 낚아채 불을 밝혔다. 아주 새카만 밤이었다. 죽음을 닮은 어둠이 짙게 깔려 있었다. 그토록 사무치는 어둠은 난생처음 보았다. 커다란 빗방울이 퍼부었다. 무모하게, 마치 제정신이 아닌 여자처럼, 조세핀은 빠르게 앞으로 달려 나갔다. 비틀거리며 뛰어가는 아내의 손을 잡아 세우니, 그제야 정신을 차리는 듯했다. 랜턴은 작은 동그라미의 빛을 만들었고, 그 작은 빛을 따라서 우리는 걸었다. 그 친절한 작은 빛 밖에는, 끔찍하고 고요한 어둠이 빽빽하게 들어차 있었기에.

"한 번이라도 좋으니 만날 수 있다면……. 한 번이라도 좋으니 입을 맞출 수 있다면……. 꽈악 품에 안을 수 있다면……. 이 끔찍하게 찢어지는 내 심장에 닿도록 꽈악 안을 수만 있다면- 그러면, 이 아픈 고통이 나를 떠날

leaves me, would leave me than. Oh, my pretty boy, wait for mother! I am coming to you. Listen, David; he cries - he cries so pitifully; listen! Can't you hear it?"

I did hear it! Clear and distinct, out of the deadly still darkness before us, came a faint, wailing cry. What was it? Was I, too, going mad, or was there something out there - something that cried and moaned - longing for human love, yet ever retreating from human footsteps? I am not a superstitious man; but my nerve had been shaken by my long trial, and I was weaker than I thought. Terror took possession of me - terror unnameable. I trembled in every limb; clammy perspiration oozed from my forehead; I was possessed by a wild impulse to turn and flee - anywhere, away from that unearthly cry. But Josephine's cold hand gripped mine firmly, and led me on. That strange

것 같아요. 어여쁜 아이야. 엄마를 기다려 주렴. 엄마가 가고 있단다. 들어봐요! 데이비드! 울고 있잖아요. 저렇게 슬프게 울고 있잖아요. 당신은 이 소리가 들리지 않나요?"

들렸다! 확실하고 또렷하게 그 소리가 들렸다! 우리 앞을 막아선 끔찍하고 단단한 어둠 속에서, 통곡하는 울음소리가 희미하게 들려왔다. 무슨 상황일까. 나도 미쳐가고 있는 걸까? 아니면, 정말 저 앞에 무언가가 있는 걸까? 사람에게 닿는 것을 주저하는 무언가가, 사람의 애정을 갈망하며, 저 너머에서 울부짖는 것일까? 유령이나 귀신 따위를 나는 믿지 않는다. 하지만 힘든 시간이 계속되자 몸이 허해진 모양인지, 형언할 수 없는 두려움이 밀려왔다. 사지가 벌벌 떨렸다. 끈적끈적한 땀으로 이마가 흠뻑 젖었고, 나는 뒤돌아 도망치고 싶은 충동에 사로잡혔다. 그 기이한 통곡 소리가 닿지 않는 어딘가로. 하지만 조세핀의 차가운 손은 나를 단단히 붙잡고 소리의 근원지로 이끌었다. 기이한 통곡 소리가 귓가에 울려 퍼졌다. 소리는 사라지지 않고 점점 더 선

cry still rang in my ears. But it did not recede; it sounded clearer and stronger; it was a wail; but a loud, insistent wail; it was nearer - nearer; it was in the darkness just beyond us.

Then we came to it; a little dory had been beached on the pebbles and left there by the receding tide. There was a child in it - a boy, of perhaps two years old, who crouched in the bottom of the dory in water to his waist, his big, blue eyes wild and wide with terror, his face white and tear-stained. He wailed again when he saw us, and held out his little hands.

My horror fell away from me like a discarded garment. This child was living. How he had come there, whence and why, I did not know and, in my state of mind, did not question. It was no cry of parted spirit I had heard - that was enough for me.

"Oh, the poor darling!" cried my wife.

명해졌다. 그래. 그것은 누군가가 소리를 높여 슬피 우는 소리였다. 크고 끈질긴 울음소리가 점점 더 가까워지는 것이 느껴졌다. 눈앞을 가로막은 저 어둠 너머, 지척에 있었다.

어둠 너머에는 밀물에 밀려온 듯 보이는 작은 쪽배가 자갈밭 위에 덩그러니 서 있었다. 그리고 그 안에는, 아이가 있었다. 허리춤까지 물이 들어찬 작은 쪽배 안에는, 두 살 정도 되어 보이는 남자아이가 몸을 웅크리고 있었다. 겁에 질려 커다래진 푸른 눈동자로 올려다보고, 하얗게 눈물진 얼굴로 거세게 울며, 팔을 뻗어 작은 두 손을 우리에게 내밀었다.

옥죄던 공포가 허물처럼 벗겨졌다. 눈앞에 있는 것은 분명 살아있는 아이다. 어디서 어떻게 왜 이곳에 왔는지는 모르지만, 그런 생각을 할 겨를조차 없었다. 아무런 생각이 들지 않았다. 우리가 들었던 그 울음소리가, 세상을 떠도는 영혼의 속삭임이 아니라는 그 사실 하나만으로도 나는 충분했으니까.

아내의 목소리가 떨렸다. "아……. 불쌍한 아가야."

She stooped over the dory and lifted the baby in her arms. His long, fair curls fell on her shoulder; she laid her face against his and wrapped her shawl around him.

"Let me carry him, dear," I said. "He is very wet, and too heavy for you."

"No, no, I must carry him. My arms have been so empty - they are full now. Oh, David, the pain at my heart has gone. He has come to me to take the place of my own. God has sent him to me out of the sea. He is wet and cold and tired. Hush, sweet one, we will go home."

Silently I followed her home. The wind was rising, coming in sudden, angry gusts; the storm was at hand, but we reached shelter before it broke. Just as I shut our door behind us it smote the house with the roar of a baffled beast. I thanked God that we were not out in it, following the dream-child.

아내는 허리를 숙여 조심스럽게 아이를 품에 안았다. 굵게 곱실거리는 아이의 머리카락이 아내의 어깨로 떨어졌다. 아이와 얼굴을 맞대고, 아내는 자신이 덮고 있던 숄로 아이와 자신을 함께 둘렀다.

"여보, 이리 주세요. 아이가 흠뻑 젖어서, 당신이 안고 가기에는 무거울 것 같아요."

"아뇨. 아니에요. 제가 안고 갈게요. 지금까지 너무 텅 비어있었거든요. 이제야 안아줄 수 있게 되었어요. 데이비드. 이제야 가슴 찢길 듯한 고통이 사라졌어요. 이 아이는 텅 빈 가슴을 채워주기 위해서 온 게 분명해요. 바닷길을 통해 신께서 보내주신 게 분명해요. 흠뻑 젖었네. 춥지? 괜찮아, 아가야. 우리 집으로 가자."

나는 조용히 아내의 뒤를 따랐다. 바람이 마치 분노한 것처럼 솟구치며 소용돌이가 몰아쳤다. 우리는 무사히 집으로 돌아왔고 문을 굳게 걸어 잠갔다. 곧이어 돌풍은 폭풍이 되어 짐승처럼 포효했다. 만일 우리가 아직도 밖을 헤매고 있었다면 어땠을까. 나는 아이를 만나 집에 돌아온 것에 대하여 신께 감사했다.

"You are very wet, Josie," I said. "Go and put on dry clothes at once."

"The child must be looked to first," she said firmly. "See how chilled and exhausted he is, the pretty dear. Light a fire quickly, David, while I get dry things for him."

I let her have her way. She brought out the clothes our own child had worn and dressed the waif in them, rubbing his chilled limbs, brushing his wet hair, laughing over him, mothering him. She seemed like her old self.

For my own part, I was bewildered. All the questions I had not asked before came crowding to my mind how. Whose child was this? Whence had he come? What was the meaning of it all?

He was a pretty baby, fair and plump and rosy. When he was dried and fed, he fell asleep in Josie's arms. She hung over him in a passion of delight.

"조세핀. 옷이 흠뻑 젖었네요. 일단 가서 옷부터 갈아 입어요."

"전 괜찮아요. 저보다 아이를 좀 보세요. 얼마나 차가운지 몰라요. 잔뜩 지쳤어요. 어여쁘고 가엾은 아이. 데이비드, 불을 좀 피워줄래요? 나는 수건을 가지고 올게요."

나는 아내를 놓아줄 수밖에 없었다. 아내는 비쩍 마른 떠돌이 아이에게 언젠가 우리의 아이가 입었던 옷을 입혔다. 차가워진 아이의 팔다리를 문지르고, 흠뻑 젖은 머리를 빗겨주고, 웃어주고, 돌보아주고. 아내는 정말이지 이전의 모습을 되찾은 것처럼 보였다.

당혹감이 슬며시 고개를 들었다. 외면했던 질문들이 머릿속을 가득 메웠다. 아이의 부모는 누굴까. 아이는 어디서 왔을까. 지금 이 상황은, 도대체 뭐에 대한 복선이란 말인가.

보송보송한 장밋빛 혈색을 되찾은 아이는 실로 어여뻤다. 조세핀은 아이의 젖은 몸을 깨끗하게 말려주었고 밥을 먹인 후 자신의 품에서 재웠다. 아내는 기쁨으로

It was with difficulty I persuaded her to leave him long enough to change her wet clothes. She never asked whose he might be or from where he might have come. He had been sent to her from the sea; the dream-child had led her to him; that was what she believed, and I dared not throw any doubt on that belief. She slept that night with the baby on her arm, and in her sleep her face was the face of a girl in her youth, untroubled and unworn.

아이를 열렬히 돌봤다. 젖은 옷을 갈아입을 동안만이라도 아이를 맡겨달라고 겨우 설득했을 정도니까. 아내는 아이가 누구이고 어디에서 온 건지 궁금해하지 않았다. 바다가 준 선물이며 꿈의 아이가 인도하여 우리에게 온 것이라 굳게 믿었다. 그 굳은 믿음에, 나는 감히 의심의 씨앗을 뿌릴 수 없었다. 아내는 아이를 품에 안고 곤히 잠들었다. 잠든 아내의 얼굴은 아무런 문제도 걱정도 없던 지난 봄날의 얼굴로 돌아와 있었다.

4

I expected that the morrow would bring some one seeking the baby. I had come to the conclusion that he must belong to the "Cove" across the harbor, where the fishing hamlet was; and all day, while Josie laughed and played with him, I waited and listened for the footsteps of those who would come seeking him. But they did not come. Day after day passed, and still they did not come.

I was in a maze of perplexity. What should I do? I shrank from the thought of the boy being taken

누군가가 아이를 데리러 오리라고 나는 분명히 생각했다. 아이는 항구 건너편 어촌 '코브'에서 온 것이 분명해 보였으니까. 조세핀이 하루 종일 아이와 함께 웃고 이야기하며 행복한 시간을 보내는 동안, 나는 아이를 되찾으러 올 그들을 초조하게 기다렸다. 하지만 그 누구도 찾아오지 않았다. 하루가 지나고 이틀이 지나고 그 후로도 며칠이 흘렀건만, 아무도 아이를 찾아오지 않았다.

혼란의 미로에 갇힌 것 같았다. 어떻게 해야 할까. 아이가 떠날 것을 생각하면 위기감에 온몸이 오그라드는

away from us. Since we had found him the dream-child had never called. My wife seemed to have turned back from the dark borderland, where her feet had strayed to walk again with me in our own homely paths. Day and night she was her old, bright self, happy and serene in the new motherhood that had come to her. The only thing strange in her was her calm acceptance of the event. She never wondered who or whose the child might be - never seemed to fear that he would be taken from her; and she gave him our dream-child's name.

At last, when a full week had passed, I went, in my bewilderment, to our old doctor.

"A most extraordinary thing," he said thoughtfully. "The child, as you say, must belong to the Spruce Cove people. Yet it is an almost unbelievable thing that there has been no search or inquiry after him. Probably there is some simple explanation of

것 같았다. 아이가 우리 집에 온 이후로 꿈의 아이는 아내를 불러내지 않았다. 죽음의 경계에서 돌아온 아내 역시, 다시 한번 나와 가정적인 길을 발맞춰 걷기 시작한 것 같았다. 낮에도 밤에도, 아내는 예전과 같은 모습을 되찾았다. 다시 엄마가 된 아내는 기쁨 넘치고 차분했던 예전의 밝은 모습으로 되돌아왔다. 유일하게 이상한 것은, 아내가 이 사건을 너무 자연스럽게 받아들인다는 점이었다. 아이가 누구인지, 혹은 부모가 누구인지, 전혀 궁금해하지 않았다. 그리고 아내는, 꿈의 아이가 가졌던 이름을 아이에게 주었다.

　1주일이 지났다. 여전히 혼란한 상태로 나는 주치의를 찾았다.

　"정말 놀라운 일입니다." 그가 신중히 말했다. "말씀하신 것처럼 아이는 어촌 코브에서 떠내려온 것 같습니다. 하지만 아무도 아이를 찾지 않는다니, 정말 놀랍군요. 짐작되는 이유가 있긴 합니다만, 코브에 가서 직접 알아보시는 것이 좋겠습니다. 혹시라도 부모나 보호자를 찾게 된다면, 한동안만이라도 아이를 돌봐주고 싶

the mystery, however. I advise you to go over to the Cove and inquire. When you find the parents or guardians of the child, ask them to allow you to keep it for a time. It may prove your wife's salvation. I have known such cases. Evidently on that night the crisis of her mental disorder was reached. A little thing might have sufficed to turn her feet either way - back to reason and sanity, or into deeper darkness. It is my belief that the former has occurred, and that, if she is left in undisturbed possession of this child for a time, she will recover completely."

I drove around the harbor that day with a lighter heart than I had hoped ever to possess again. When I reached Spruce Cove the first person I met was old Abel Blair. I asked him if any child were missing from the Cove or along shore. He looked at me in surprise, shook his head, and said he had not

다고 양해를 구해보세요. 아이를 통해서 부인께서는 바라시는 구원을 얻게 되실지도 모르니까요. 예전에 그런 사례를 접한 적이 있습니다. 그날 밤, 부인은 분명 정신적인 위기상황에 내몰린 것으로 보입니다. 그때 찾은 아이는 부인에게 두 가지 길을 열어줄 수 있었을 겁니다. 부인을 정상으로 되돌리거나, 더 깊은 어둠 속으로 밀어 넣거나 말입니다. 제 생각에는 전자의 상황이 일어난 것 같습니다. 당분간만이라도, 부인께서 아이를 돌보는 지금 이 상황이 유지되는 것이 좋을 것 같습니다. 이 상황이 깨지지만 않는다면, 부인께서는 곧 안정을 되찾으실 것 같습니다."

그 어느 때보다 한껏 가벼워진 마음으로 나는 항구를 가로질렀다. 어촌 코브에 도착하니 나이 든 남자가 보였다. 그는 자신을 아벨 블레어라고 소개했다. 이 마을이나 근처에서 혹시 사라진 아이가 있느냐는 질문에, 그는 놀란 눈으로 자신이 아는 한 전혀 없다고 고개를 저었다. 나는 부모를 잃어버린 아이를 보호하고 있다고 말했고, 불필요한 부분은 굳이 설명하지 않았다. 아

heard of any. I told him as much of the tale as was necessary, leaving him to think that my wife and I had found the dory and its small passenger during an ordinary walk along the shore.

"A green dory!" he exclaimed. "Ben Forbes' old green dory has been missing for a week, but it was so rotten and leaky he didn't bother looking for it. But this child, sir - it beats me. What might he be like?"

I described the child as closely as possible.

"That fits little Harry Martin to a hair," said old Abel, perplexedly, "but, sir, it can't be. Or, if it is, there's been foul work somewhere. James Martin's wife died last winter, sir, and he died the next month. They left a baby and not much else. There weren't nobody to take the child but Jim's half-sister, Maggie Fleming. She lived here at the Cove, and, I'm sorry to say, sir, she hadn't too good a

마도 그는 우리 부부가 평범하게 해안가를 산책하다가 작은 아이가 들어 있는 쪽배를 우연히 발견했다고 생각했을 것이다.

"녹색 쪽배? 벤 포브스네 낡은 녹색 쪽배가 사라진 지 일주일이 넘었다오. 뭐, 워낙 오래되고 다 썩어 문드러진 것이라, 그다지 찾지는 않는 눈치요. 그건 그렇고. 선생. 그 아이 말이요. 어떻게 생겼는지 좀 자세히 말해 주겠소?"

나는 아이의 생김새를 최대한 설명했다.

"딱 헨리 마틴인 것 같은데." 나이 든 아벨은 이해할 수 없다는 듯이 고개를 저었다. "하지만, 아니⋯⋯. 그럴 수가 없어. 오, 아니면⋯⋯. 이보게, 선생. 구린 냄새가 나는군. 제임스 마틴의 아내가 작년 겨울에 죽었소. 제임스도 한 달 만에 제 아내를 따라갔고. 그네들은 가진 게 별로 없었지. 아이 하나만 달랑 남겨두고 가버린 거요. 아이를 돌봐줄 사람이 없었소. 제임스의 이복누이 매기 플래밍이 이 마을에 살고 있긴 했지만, 평판이 아주 나쁜 여자라서. 아이 따위는 그저 귀찮게만 여겼다

name. She didn't want to be bothered with the baby, and folks say she neglected him scandalous. Well, last spring she begun talking of going away to the States. She said a friend of hers had got her a good place in Boston, and she was going to go and take little Harry. We supposed it was all right. Last Saturday she went, sir. She was going to walk to the station, and the last seen of her she was trudging along the road, carrying the baby. It hasn't been thought of since. But, sir, d'ye suppose she set that innocent child adrift in that old leaky dory to send him to his death? I knew Maggie was no better than she should be, but I can't believe she was as bad as that."

"You must come over with me and see if you can identify the child," I said. "If he is Harry Martin I shall keep him. My wife has been very lonely since our baby died, and she has taken a fancy to this

던 모양이야. 아이를 그저 방치하기만 했다고 다들 입을 모아 이야기하더군. 그런데 지난봄부터인가, 그 여자는 미국으로 떠날 거라고 떠들어대기 시작했소. 제 친구가 보스턴에 좋은 자리를 구해주었다나. 어린 헨리를 데려갈 거라고 하기에, 우리는 잘된 일이라고만 생각했지. 그 여자는 토요일에 떠났고, 역까지 걸어간다는 이야기를 들은 게 마지막이오. 아이를 안고 뛰어가는 것을 사람들이 봤다더군. 그 이후로는 아무도 궁금해하지 않았소. 하지만 말이야……. 아니야. 설마, 아무 잘못도 없는 아이를 썩은 쪽배에 넣어 죽음의 바다로 내보냈겠소? 그 여자가 수준 이하라는 것은 알았지만, 아무리 그런 사람이라도 말이야. 설마 그런 짓까지 했을 리가."

"혹시 저희 집에 오셔서 그 아이가 맞는지 확인을 해주실 수 있을까요. 저희 집의 아이가 헨리 마틴이라면, 저희가 잘 보살펴 키우겠습니다. 제 아내는 저희 아이가 세상을 떠난 이후 많이 힘들어했습니다. 그리고 우연히 만난 그 작은 아이에게 온 마음을 빼앗겨 버렸어

little chap."

When we reached my home old Abel recognized the child as Harry Martin.

He is with us still. His baby hands led my dear wife back to health and happiness. Other children have come to us, she loves them all dearly; but the boy who bears her dead son's name is to her - aye, and to me - as dear as if she had given him birth.

He came from the sea, and at his coming the ghostly dream-child fled, nevermore to lure my wife away from me with its exciting cry. Therefore I look upon him and love him as my first-born.

요.”

나는 나이든 아벨을 집으로 초대했고, 우리 집의 아이는 헨리 마틴이 맞았다.

아이는 지금도 우리와 함께 있다. 작은 아이는 사랑하는 아내를 건강하고 행복한 사람으로 되돌려 주었다. 머지않아 우리에게는 더 많은 아이들이 찾아왔다. 아내는 아이들을 모두 사랑해주었다. 아내는 죽은 아이의 이름을 받은 그 작은 아이를, 자신이 낳은 아이들과 똑같이 사랑해주었다. 물론, 나도 그랬다. 아이는 우리가 낳은 것만큼이나 사랑스러웠으니까.

아이는 파도를 타고 우리에게로 왔다. 아이가 나타난 순간, 유령처럼 우리 곁을 맴돌던 꿈의 아이는 자취를 감췄다. 아내를 내 곁에서 떨어트려 놓으려던 요란한 울음소리도 그쳤다. 이 작은 아이가 우리를 지켜낸 것이다. 나의 장남이 되어 준, 사랑하고 존경하는 나의 아들이.

펴낸이의 말
작품 선정의 이유

　절대적 고립이야말로 진정한 비극이 아닐까 생각합니다. 그런 의미에서 월간 내로라 프로젝트로 앞서 소개한 세 편의 결말은 전부 비극일 겁니다. 모든 등장인물이 각자의 세계에 고립된 상태로 이야기가 끝나니까요.

　어린 아들이 세상을 떠난 후, 조세핀은 절망감 속에 고립되고, 데이비드는 책임감에 짓눌린 채로 고립됩니다. 조세핀은 데이비드가 절대 자신을 이해할 수 없으리라 단정 짓고, 데이비드는 감히 자신의 속마음을 터놓을 생각을 하지 못합니다. 하지만 둘은 두 손을 꼭 잡고 함께 걷습니다. 희망이 보여서라기보단, 사랑하니까 그저 함께합니다.

　희망찬 소설을 소개하고 싶었습니다. 처음 읽고는 눈물을 펑펑 쏟았습니다. 비극으로 시작하여 기쁨으로 끝나는 소설이라니요. 몽고메리 작가님은 슬프고 고독했던 시간을 상상의 힘으로 이겨냈다고 하시더군요. 비극 속에서도 조세핀과 데이비드는 포기하지 않고 함께 걸었습니다. 결국, 기적이 일어났고 비극은 사라졌습니다.

사실을 기반으로 한 이야기가 아닙니다. 현실성이 다소 떨어지는 이야기일 수도 있습니다. 하지만 글자를 통해 우리는 이야기 속 세상을 경험합니다.

그 어디에서도 아무런 희망을 찾을 수 없을 때, 세상에 남은 것이 절망뿐이라는 생각에 사로잡힐 때, 이 이야기가 떠올라 기적이라는 막연한 기대감이라도 피어나기를 바랍니다. 그렇게라도 견뎌낼 힘을 얻게 되기를 바랍니다. 아주 가끔은, 동화 같은 기적이 현실에 일어나기도 하니까요.

I am very careful to be shallow and conventional
where depth and originality are wasted.
깊이와 독창성이 낭비되지 않도록
나는 얄팍한 관습에 주의한다.

Lucy Maud Montgomery
루시 모드 몽고메리
(1874~1942)

루시 모드 몽고메리
(1874~1942)

캐나다를 빛낸 인물로 선정되었고, 캐나다 여성 중 처음으로 왕립예술협회의 회원이 되었다. 대영제국의 훈장까지 받았지만, 「빨간 머리 앤」의 작가로 가장 유명하다. 출간 직후부터 베스트셀러에 오른 몽고메리의 첫 번째 소설 『초록 지붕 집의 앤(Anne of Green Gables)』은 아직도 전 세계의 베스트셀러 차트에 머물며 많은 사랑을 받고 있다.

몽고메리는 캐나다 동부의 아주 작은 섬, 프린스에드워드섬에서 태어났다. 21개월 무렵 어머니가 폐결핵으로 세상을 떠났는데, 아버지는 몽고메리를 캐번디시에서 우체국을 운영하는 외조부모에게 맡기고 다른 도시로 이주하여 재혼했다.

외조부모는 엄격한 편이었다. 여러 대에 걸친 결혼으로

이웃의 대부분은 실제로 피가 이어진 사촌들이었지만, 몽고메리는 주로 혼자서 시간을 보냈다. 하지만 언제든 상상의 나래를 펼쳐 현실 밖으로 도망칠 수 있었으니 외롭지는 않았다고 몽고메리는 어린 시절을 회상한다.

실제로 거실 뒤편 유리문 양쪽에 비친 자신의 모습에 케이티 모리스(Katie Maurice)와 루시 그레이(Lucy Gray)라는 이름을 붙여주고 가장 친한 친구로 삼았다. 어린 시절 외로움을 피하고자 발휘했던 상상력은 훗날 앤 셜리와 같은 가상의 인물을 입체적으로 그리는 데 훌륭한 기반이 되었다.

아버지와 함께 지내보기도 했으니 새어머니와의 관계에서 어려움을 겪은 후 1년도 채 지나지 않아 외조부의 집 캐번디시로 다시 돌아온다. 열아홉 살에 기초교육을 끝내고 대학에 갔으나 2년짜리 프로그램을 1년에 마치고 교사가 된다. 가르치는 일은 적성에 맞지 않았지만, 프린스에드워드섬 여러 도시의 학교에서 아이들을 가르쳤던 이유는, 글쓰기를 위한 시간을 가장 많이 보장해주는 직업이었기 때문이다.

성인이 된 몽고메리는 언제나 외모를 가꿨고 패션에 신경을 썼다. 덕분인지 여러 남자에게 청혼을 받지만 어떤 이는 사회적 위상이 떨어진다는 이유로, 어떤 이는 설레는 사랑의 감정이 생겨나지 않는다는 이유로 거절한다.

스물두 살이 되는 해에 외할아버지가 갑자기 세상을 떠난다. 몽고메리는 외할머니를 위해 캐번디시로 돌아가 우체국 일을 돕기 시작한다. 캐번디시에서 지내는 동안 장로교 목사인 맥도널드와 교재를 시작하여 약혼까지 진행하지만, 우체국이 바쁘다는 이유로 그 관계를 비밀에 부친 채 결혼을 미룬다.

아주 어린 시절부터 일기를 썼다. 열다섯 살 무렵 그제까지 써온 일기장을 모두 없애버리는데, 몽고메리는 이 일을 두고두고 후회했다. 그만큼 일기는 그의 집필활동에 큰 자산이 되어 주었다. 외할아버지가 돌아가신 스물두 살 무렵부터 각종 신문과 잡지에 단편소설을 투고했는데, 시작한 1897년부터 1907년까지 10년간 100편이 넘는 단편소설을 발표했다.

서른한 살이 된 1905년 첫 번째 장편소설 『초록 지붕 집의 앤』을 완성하여 여러 출판사에 투고하지만 모두 거절당한다. 그렇게 첫 작품을 가슴에 묻고 3년 뒤, 다시 보스턴에 있는 페이지 출판사에 투고하여 『초록 지붕 집의 앤』은 1908년 출간된다. 첫 소설은 즉시 베스트셀러에 오르며, 출간 5개월 만에 19만 부의 판매량을 올렸다.

서른일곱 살이 된 해에 외할머니마저 세상을 떠난다. 당시 몽고메리는 「빨간머리 앤」의 흥행으로 상당한 돈을 벌어들이고 있었지만, 여자 혼자서는 캐나다 땅에서 살아갈 수 없다는 것을 느끼고 결혼을 결심한다. 당시 비밀 연애 중이던 맥도널드와 결혼을 준비하는데, 그와 열렬한 사랑에 빠질 수는 없지만 좋은 친구 사이로 살아갈 수는 있겠다는 생각을 했다고, 몽고메리는 일기장에 남긴다.

슬하에 세 아들을 두었는데 둘째 아들은 태어나자마자 세상을 떠난다. 몽고메리는 이 일로 아주 오랫동안 슬퍼했던 것으로 보인다. 몽고메리는 이상적인 아내의 역할과 어머니의 역할 그리고 교회에서의 역할 사이에서 많이 힘들어했다. 목사였던 남편 맥도널드는 오랫동안 우울증을 앓았고, 버텨내는 것은 온전히 몽고메리의 역할이었다. 남편은 여성에 대해서는 중세적 가치관을 가졌다며, 여성을 놀잇감이나 하인으로만 생각할 뿐 지성적 인격체로 존중하지 않는다고 일기에 적기도 했다.

　1941년, 예순일곱 살의 나이로 토론토에서 사망했다. 사인은 관상 동백 혈전증으로 밝혀졌는데, 사람들은 당대에 신경안정제로 유행을 하던 약물의 중독이나 과다 복용을 원인으로 추측하고 있다. 하지만 오랜 시간이 지난 후 2008년 몽고메리의 손녀딸 케이트 맥도날드 버틀러(Kate Macdonald Butler)는 몽고메리가 오랜 우울증을 견디지 못하고 자살한 것이라고 주장하기도 했다.

　몽고메리는 여성으로서, 아내로서, 엄마로서의 자리를 언제나 기억하며 알맞게 살아가려고 애썼다. 대부분의 비극은 거기에서 시작되었다. L.M.몽고메리(L. M. Montgomery)라는 필명을 사용했는데, 독자들이 작가의 성별은 짐작하지 못하도록 한 것이라고 알려져 있다.

저자가 폐기한 단편집

예쁘지는 않지만 사랑스러운 「빨간 머리 앤」은 1908년 도에 출간된 직후부터 전 세계적 사랑을 받았다. 1900년대 초반은 급성장과 급변화가 반복되는 혼란의 시기였다. 사람들은 물질만능주의에 물들어가고 있었고, 그 때문에 잃어버린 가치를 상기시키는 평화로운 이야기에 쉽게 빠져들었다.

고아였던 앤 셜리가 한적한 시골 마을로 입양되면서 시작된 이야기는 앤이 70살이 될 무렵까지 이어지며 시리즈물로 출간되었다. 사람들은 주인공뿐만 아니라 배경이 되는 지역에도 주목했다. 복잡한 현실과 달리 평화가 만연한 프린스에드워드섬의 에이번리 마을이 전 세계인의 마음에 평화를 가져다준 것이다.

이에 앤 셜리 시리즈를 출간한 페이지 출판사는 9번째 책으로 에이번리 마을을 배경으로 한 단편 소설집을 기획한다. 몽고메리는 수십 편의 단편소설을 집필하여 페이지 출판사와 계약을 하는데, 그중 11편을 선별하여 출간하기로 한다.

그렇게 만들어진 『에이번리 연대기(Chronicles of Avonlea)』는 1912년 세상에 나온다. 몽고메리는 선별되지 않은 나머지 단편소설을 폐기하였고, 출간되지 않은 에이번리 마을의 이야기들이 세상에서 사라졌다고 생각했다. 하지만 페이지 출판사에 복사본이 남아 있었다.

1920년, 페이지 출판사는 『에이번리 연대기』에 포함되지 않은 단편소설 15편을 묶어서 『에이번리 연대기 2부

(Further Chronicles of Avonlea)』라는 제목으로 출판한다. 저자의 동의를 얻지 않은 채로.

사전 협의가 이뤄지지 않은 자신의 출판 소식에 몽고메리는 소송을 건다. 몽고메리는 『에이번리 연대기 2부』를 전량 수거하여 폐기하라고 요구했고, 출판사는 출판권을 주장했다. 9년간의 법정 공방 끝에 둘은 합의점을 찾는다.

몽고메리는 18만 달러를 받는 조건으로 출간에 동의하게 된다. 하지만 앤 셜리가 등장하지 않도록 단편소설의 내용을 전면 수정하고, 책 구성에는 앤 셜리를 연상시키는 삽화나 그림을 절대로 배제하도록 조건을 건다. 그리하여 『에이번리 연대기 2부』는 정식으로 출간이 된 것이다.

오랜 법정 공방까지 불사하며 공개를 꺼린 이유는 뭘까?

작가로서 천부적 재능을 보이던 자신의 눈에 차지 않은 작품들이기 때문이었을까?

「빨간 머리 앤」은 몽고메리의 자전적 소설이다. 이야기의 배경이 되는 프린스에드워드섬은 몽고메리의 고향이고, 앤 셜리가 겪는 여러 에피소드 역시 다수 몽고메리의 일기장에서 발췌되어 각색된 것으로 유명하다. 몽고메리는 자신의 삶을 재료로 글을 쓰는 사람인 것이다.

이 단편 소설들이 앤 셜리와 아무런 연관이 없음에도 공개를 꺼렸던 이유는, 몽고메리가 세상에 내보이고 싶지 않았던 자신의 어두운 시절의 모습들을 너무 많이 담고 있었던 것은 아닐까.

First Memory: Death of Mother

From 「The Alpine Path」 by L.M.Montgomery

When I was twenty-one months old my mother died, in the old home at Cavendish, after a lingering illness. I distinctly remember seeing her in her coffin - it is my earliest memory.

My father was standing by the casket holding me in his arms. I wore a little white dress of embroidered muslin, and Father was crying. Women were seated around the room, and I recall two in front of me on the sofa who were whispering to each other and looking pityingly at Father and me. Behind them the window was open and green vines were trailing across it, while their shadows danced over the floor

첫 기억: 엄마의 죽음

L.M.몽고메리의 『The Alpine Path』에서 발췌

내가 21개월쯤 되었을 때, 오랫동안 병을 앓았던 어머니가 돌아가셨다. 우리는 당시 캐번디시에 살았는데, 관 속에 잠들어 있던 어머니의 모습이 아직도 생생하게 기억난다. 아마도 나의 가장 오래된 기억일 것이다.

아빠는 나를 안고 서 있었다. 나는 자수가 놓인 하얀색 모슬린 원피스를 입고 있었고, 아버지는 울고 있었다. 방에는 여러 명의 여자가 앉아 있었는데, 바로 맞은편에 있던 두 명의 여자가 귓속말을 속삭이며 아버지와 나에게 동정 어린 눈빛을 보내던 것이 기억난다. 두 여자의 뒤편 창문 너머로는 푸른 나무 덩굴이 매달려 있었는데, 바람에 흔들릴 때마다 넝쿨의 그림자가 창문 모양으로 선명하게 새겨진 바닥의 네모난 햇볕 안에서 춤을 추는 것처럼 보였다.

in a square of sunshine.

I looked down at Mother's dead face. It was a sweet face, albeit worn and wasted by months of suffering. My mother had been beautiful, and Death, so cruel in all else, had spared the delicate outline of feature, the long silken lashes brushing the hollow check, and the smooth masses of golden-brown hair.

I did not feel any sorrow, for I knew nothing of what it all meant. I was only vaguely troubled. Why was Mother so still? And why was Father crying? I reached down and laid my baby hand against Mother's cheek. Even yet I can feel the coldness

엄마의 창백한 얼굴을 내려다보았다. 오랜 투병 때문인지 많이 야위어 있었지만, 여전히 사랑스러운 얼굴이었다. 어머니는 무척이나 아름다운 사람이었다. 이 세상에서 가장 끔찍한 것이라는 죽음조차도 가릴 수 없었다. 죽음을 맞이한 엄마의 이목구비는 더욱더 또렷하게 보였고, 기다란 속눈썹과 풍성한 머릿결은 더욱더 부드럽게 보였다.

나는 슬프지 않았다. 무슨 상황인지 정확히 알지 못했기 때문이었다. 그저 아무것도 이해할 수 없어 혼란스러웠다. 엄마가 저토록 가만히 누워있는 이유가 무엇인지, 아빠가 저토록 서럽게 우는 이유가 무엇인지, 나는 알지 못했다. 작은 아기 손을 어머니의 뺨에 가져다 댔다. 그때 느꼈던 차가운 감촉이 아직도 생생하다. 방 안의 누군가가 '가여

of that touch. Somebody in the room sobbed and said, "Poor child." The chill of Mother's face had frightened me; I turned and put my arms appealingly about Father's neck and he kissed me. Comforted, I looked down again at the sweet, placid face as he carried me away.

That one precious memory is all I have of the girlish mother who sleeps in the old burying ground of Cavendish, lulled forever by the murmur of the sea.

운 것'이라 탄식하며 흐느꼈고, 냉기에 두려움을 느낀 나는
뒤를 돌아 아버지의 어깨에 얼굴을 묻었다. 아버지는 내게
입을 맞춰 주었고, 나는 마음을 진정시켰다. 아버지가 나를
데리고 나가기 전에 어머니의 얼굴을 다시 한 내려다보았는
데, 고요하고 아름다웠다.

이게 내가 간직한 소중하고도 유일한 어머니에 대한 추
억이다. 캐번디시의 유서 깊은 묘지에 어머니는 잠들었다.
영원히 계속되는 바다의 고요한 자장가를 들으면서.

The Fairy Land

From 『The Alpine Path』 by L.M.Montgomery

So ran the current of my life inn childhood,
very quiet and simple, you perceive. Nothing at all
exciting about it, nothing that savours of a "career."
Some might think it dull. But life neve held for
me a dull moment. I had, in my vivid imagination,
a passport to the geography of Fairyland. In a
twinkling I could – and did – whisk myself into
regions of wonderful adventures, unhampered by
any restrictions of time or place.

Everything was invested with a kind of fairy grace
and charm, emanating from my own fancy, the trees
that whispered nightly around the old house where

요정의 나라

L.M.몽고메리의 『The Alpine Path』에서 발췌

어린 시절은 보이는 것처럼 조용하고 단순했다. 작가로서의 미래를 암시할만한 커다란 사건이 있었던 것도 아니고, 이야깃거리로 삼을만한 흥미로운 사건이 있었던 것도 아니다. 누군가는 따분한 인생이었다고 평가할지도 모른다. 하지만 나는 단 한 순간도 그렇게 느껴본 적이 없다. 요정의 나라로 들어가는 입장권을 손에 들고 있었기 때문에. 상상의 나래를 펼치기만 하면, 나는 시간과 공간이라는 제약도 받지 않고, 눈 깜박할 사이에 신비한 모험의 세계로 뛰어들 수 있었다.

신비롭고 매력적인 모든 경험을 동원하여 상상으로 요정의 나라를 그려냈다. 집 근처에서 흔들거리며 밤마다 속살거리는 나무들과 언젠가 헤치고 다녔던 우거진 나무의 숲,

I slept, the woodsy nooks I explored, the homestead fields, each individualized by some oddity of fence or shape, the sea whose murmur was never out of my ears – all were radiant with "the glory and the dream."

I had always a deep love of nature. A little fern growing in the woods, a shallow sheet of June-bells under the firs, moonlight falling on the ivory column of a tall birch, an evening star over the old tamarack on the dyke, shadow-waves rolling over a field of ripe wheat-all gave me "thoughts that lay too deep for tears" and feelings which I had then no

특이한 모양이나 형태로 존재감을 뽐내는 농장의 모습과 귓가를 간질이는 바다의 노랫소리. 이 모든 것들을 더하여 만들어낸 상상 속의 '신비로운 꿈의 세상'은 찬란하게 빛났다.

언제나 대자연을 마음 깊이 사랑해왔다. 울창한 숲속에서 고개를 빼꼼히 내민 풀고사리와 전나무 아래에서 춤추듯 흔들거리는 꽃잎의 얇은 잎사귀, 자작나무의 매끄러운 몸을 비추는 찬란한 달빛과 바닷가의 오래된 나무 위로 보이는 초저녁의 별, 그리고 추수 직전 밀밭에 일렁이는 금빛 물결까지. 내가 가진 단어들로는 눈물이 날 정도로 감동적인 저 자연의 풍경을 온전히 표현할 수가 없었기에, 아주 깊은 사색의 시간을 가져다주었다.

vocabulary to express.

It has always seemed to me, ever since early childhood, that, amid all the commonplaces of life, I was very near to a kingdom of ideal beauty. Between it and me hung only a thin veil. I could never draw it quite aside, but sometimes a wind fluttered it and I caught a glimpse of the enchanting realm beyond – only a glimpse – but those glimpses have always made life worth while.

나는 아주 일상적인 평범함의 한 가운데 있다고 생각했
다. 하지만 동시에 이상적이고 아름다운 왕국의 입구에 서
있다고도 느꼈다. 그 왕국과 나를 갈라놓는 것은 아주 얇
은 베일 한 장뿐이었다. 비록 그 베일을 걷어낼 수는 없었지
만, 바람이 불어 베일이 펄럭일 때면 그 너머의 황홀한 왕
국이 언뜻언뜻 나타났다. 그건 아주 짧은 찰나에 불과했
다. 하지만 그 찰나가 나를 견디게 했다. 나의 삶은 그 찰나
덕분에 의미 있는 것이 되었다.

Anne Shirley Series

1. Anne of Green Gables (published in 1908)

2. Anne of Avonlea (published in 1909)

3. Anne of the Island (published in 1915)

4. Anne of Windy Populars (published in 1936)

5. Anne's House of Dreams (published in 1917)

6. Anne of Ingleside (published in 1939)

7, Rainbow Valley (published in 1919)

8. Rilla of Ingleside (published in 1921)

- Chronicles of Avonlea (published in 1912)

- Further Chronicles of Avonlea (published in 1920)

- The Blythes Are Quoted (published in 2009)

빨간 머리 앤 시리즈

1. 초록 지붕 집의 앤   [앤 셜리 11-16살]

2. 에이번리 마을의 앤   [앤 셜리 16-18살]

3. 레드먼드의 앤   [앤 셜리 18-22살]

4. 윈디 윌로스의 앤   [앤 셜리 22-25살]

5. 앤의 꿈의 집   [앤 셜리 25-27살]

6. 잉글사이드의 앤   [앤 셜리 34-40살]

7. 무지개 골짜기   [앤 셜리 41-43살]

8. 잉글사이드의 릴라   [앤 셜리 49-53살]

- 에이번리 연대기   [앤 셜리 대략 20살]

- 에이번리 연대기 2부   [앤 셜리 대략 20살]

- 앤의 추억의 나날들   [앤 셜리 40-75살]

"Time flies over us,

but leaves its shadow behind."

–Nathaniel Hawthorne

"시간은 소리 없이 빠르게 스쳐 간다.

그리고 진한 그림자를 남긴다."

– 나다니엘 호손

월간 내로라 N'202105

한 달에 한 편. 영문 고전을 번역하여 담은 단편 소설 시리즈입니다.
짧지만 강렬한 이야기로 독서와 생각, 토론이 풍성해지기를 바랍니다.

꿈의 아이

지은이 루시 모드 몽고메리
옮긴이 차영지　　**우리말감수** 이선화
그린이 정지은　　**번역문감수** 강연지, 박서교
펴낸이 차영지　　**보탠이** 김리밍, 팅팅, 박병진, 신윤옥
표지에 넥슨 베찌체를 사용하였습니다.

초판 1쇄 2021년 5월 01일

펴 낸 곳 내로라
출판등록 2019년 03월 06일 [제2019-000026호]
주　　　소 서울시 은평구 응암동 599-15 #504
이 메 일 naerora.com@gmail.com
홈페이지 naerora.com
인 스 타 @naerorabooks

ISBN: 979-11-97-3324-2-5